Rébecca,
la fée des roses

Pour Lily Grace Evans qui
croira toujours aux fées!

Un merci spécial à Sue Mongredien

Catalogage avant publication de
Bibliothèque et Archives Canada

Meadows, Daisy
Rébecca, la fée des roses / Daisy Meadows ;
texte français d'Isabelle Montagnier.

(L'arc-en-ciel magique. Les fées des fleurs ; 7)
Traduction de: Ella the Rose Fairy.
Pour les 6-9 ans.
ISBN 978-1-4431-2018-0

I. Montagnier, Isabelle II. Titre. III. Collection : Meadows Daisy.
L'arc-en-ciel magique. Les fées des fleurs ; 7

Édition publiée par les Éditions Scholastic,
604, rue King Ouest, Toronto (Ontario) M5V 1E1

5 4 3 2 1   Imprimé au Canada 139   12 13 14 15 16

Rébecca, la fée des roses

Daisy Meadows

Texte français d'Isabelle Montagnier

Éditions
SCHOLASTIC

Le palais
du Royaume
des fées

Le Manoir
aux cerisiers

Le Jardin des fées

Le village de
Tremble-Feuille

Le pavillon des visiteurs

Pour que les jardins de mon palais glacé
soient parés de massifs colorés,
j'ai envoyé mes habiles serviteurs
voler les pétales magiques des fées des fleurs.

Contre elles, les gnomes pourront utiliser
ma baguette magique aux éclairs givrés
afin de me rapporter
tous ces beaux pétales parfumés.

Table des matières

À la rescousse des roses!

— Nous sommes arrivés aux floralies du château, dit M. Vallée en regardant la foule se diriger vers l'entrée.

Il sourit à sa fille Rachel et à Karine, sa meilleure amie.

— Nous avons vraiment vu beaucoup de fleurs cette semaine!

— Nous adorons les fleurs! s'exclame Rachel en adressant un sourire entendu à Karine.

1

— Surtout depuis que nous avons rencontré les fées des fleurs, ajoute Karine dans un murmure.

Bras dessus, bras dessous, les amies suivent leurs parents dans le champ où le concours de fleurs a lieu.

Les deux familles passent le congé de mars ensemble et les fillettes aident les fées des fleurs à récupérer leurs pétales magiques manquants. Jusqu'à présent, elles en ont repris six, mais il en reste encore un à trouver : le pétale de rose. Le petit groupe s'approche d'une grande tente.

— Qu'y a-t-il là-dedans? demande M. Taillon en lisant le panneau à l'entrée.

Ah! Ce sont les roses!

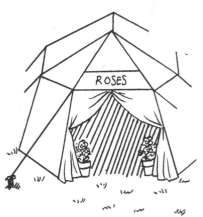

Karine et Rachel
échangent des regards
complices. Le pétale de
rose manquant est
peut-être à l'intérieur! À
mesure qu'ils approchent
de la tente, les Taillon et les Vallée
entendent parler les gens qui en sortent.

— Comme c'est décevant, dit un homme
sombrement. Je n'ai jamais vu de fleurs aussi
mal en point!

Les Vallée et les Taillon entrent dans la
tente et Rachel constate que l'homme a
raison. Toutes les roses baissent la tête, et
leurs pétales sont ternes et flétris.

Rachel se mord la lèvre. Karine et elle
savent exactement pourquoi les roses ne sont
pas belles. Les pétales magiques des fées des
fleurs aident les fleurs à pousser au

Royaume des fées et dans le monde entier.
Mais le méchant Bonhomme d'Hiver a
envoyé ses gnomes voler les pétales afin que
les fleurs s'épanouissent autour de son
château de glace. Quand les fées des fleurs
ont essayé d'arrêter les gnomes, une bataille
de sortilèges a éclaté et les pétales magiques
ont été propulsés dans le monde des
humains! Depuis que les pétales manquent,
toutes les fleurs dépérissent et meurent.

— Allons plutôt voir
les jardins, suggère
M. Vallée qui regarde
tristement les roses fanées.

En sortant, Rachel se
tourne vers Karine.

— La plupart des autres
fleurs devraient être belles puisque nous
avons déjà trouvé six pétales et qu'ils sont

en sécurité au Royaume
des fées, murmure-t-elle.

Karine hoche la tête.

— Mais nous devons
sauver ces roses! Je parie
que toutes les fleurs rose
foncé de l'exposition sont flétries, ajoute-t-elle.

Les fées des fleurs ont expliqué aux fillettes
que chaque pétale magique prend soin de
son type de fleur et des autres fleurs de la
même couleur. Le pétale de rose aide toutes
les roses et autres fleurs rose foncé à pousser.

— Nous devons trouver le pétale avant les
gnomes, chuchote Rachel. C'est leur
dernière chance de rapporter un pétale au
Bonhomme d'Hiver. Je suis certaine qu'ils
vont faire de gros efforts.

Les fillettes savent que les gnomes essaient
de trouver les pétales des fées pour leur

maître, le Bonhomme d'hiver. Ce dernier
leur a donné une baguette de magie glacée,
ce qui rend les choses encore plus difficiles
pour Karine et Rachel.

Les deux familles se promènent le long du
sentier. Karine remarque les jardins qui se
succèdent de chaque côté.

— Quel beau jardin japonais! s'exclame
Mme Taillon en s'arrêtant devant le
premier jardin. Vous avez vu ce bambou?

— Et cette fontaine est vraiment jolie!
ajoute Mme Vallée.

Mais Rachel est incapable de se
concentrer sur le jardin japonais parce
qu'elle vient de voir le panneau de la
prochaine section qui dit « Jardin des fées ».

Elle donne un coup de coude à Karine.

— Regarde!

Une porte en fer forgé donne accès au
jardin des fées qui est rempli de fleurs de
toutes les couleurs de l'arc-en-ciel. Il y a
aussi un sentier sinueux en pierres brillantes

et un banc parfait pour se reposer
et... chercher des fées!

— Maman, peut-on
aller dans le jardin
des fées? demande
Karine.

Mme Taillon
sourit.

— Bien sûr.
Séparons-nous
et retrouvons-
nous un peu
plus tard.
Disons, dans une
heure sous la tente
des rafraîchissements,
d'accord?

— Parfait! dit Karine.

Ses parents les saluent de la main
et se dirigent vers les autres jardins.

— Allez viens, Rachel! Les fées des fleurs adoreraient cet endroit, dit Karine en ouvrant la porte.

— C'est vrai, convient Rachel en suivant son amie.

Elle s'arrête soudainement et crie :

— Karine, là-bas! Karine suit le regard de Rachel et voit au fond du jardin un grand rosier portant de belles fleurs vigoureuses de couleur foncée.

— Le pétale magique doit être proche de ce rosier! s'exclame-t-elle. Sinon, les roses ne seraient pas aussi belles!

— Oui, dit gaiement Rachel. Alors...

Elle s'interrompt lorsqu'elle remarque un mouvement dans le grand rosier. Son sourire s'efface.

— Oh-oh! Les gnomes sont peut-être dedans.

Heureusement pour les fillettes, il n'y a personne d'autre dans le jardin, alors elles

peuvent marcher sur
la pointe des pieds
pour s'approcher des
roses frémissantes.
Elles jettent un
coup d'œil
prudent d'un
côté du buisson.

Sept horribles
gnomes sont en
train d'y arracher
toutes les roses! Ils sont
habillés comme des petits
garçons afin de passer
inaperçus parmi les autres
visiteurs de l'exposition
florale. Les gnomes sont occupés
à chercher le pétale magique dans le buisson
de roses.

— Beurk! entendent-elles dire un gnome. Je déteste la couleur rose!

— Le vert est beaucoup mieux, renchérit un autre.

Karine regarde Rachel avec de grands yeux. Elle se demande comment elles vont

trouver le pétale avant les gnomes.

Soudain, une voix cristalline retentit derrière elles.

— Bonjour les filles! J'adore vos tenues roses!

Karine et Rachel se retournent et voient une fée souriante qui papillonne dans les airs!

Un labyrinthe magique!

— Rébecca! s'écrie Karine.

Les fillettes s'éloignent du rosier pour pouvoir parler à la fée sans crainte d'être entendues.

— Nous sommes si contentes de te voir, ajoute Rachel.

Rébecca, la fée des roses, a de longs cheveux foncés et ondulés, et porte une robe rose avec une large ceinture.

Alors qu'elle ouvre la bouche pour
répondre aux fillettes, un cri enthousiaste
retentit derrière le rosier.

Karine, Rachel et Rébecca regardent
à travers les feuilles. À leur grand désarroi,
elles voient l'un des gnomes qui tient le
pétale de rose magique dans
ses mains!

Rachel réfléchit.

— Rébecca,
pourrais-tu utiliser ta
magie pour que le
pétale magique vole
de ses mains jusqu'à
nous? suggère-t-elle.

— Oui! répond vivement
Rébecca en pointant sa baguette vers
le rosier.

Une nuée d'étincelles s'échappe et
tourbillonne au-dessus des branches épineuses.

Les fillettes retiennent leur souffle et regardent les étincelles entourer le pétale magique, le soulever dans les airs et le ramener au-dessus du rosier. Leur plan fonctionne!

Mais une main verte apparaît et attrape le pétale.

— Pas question! Tu restes avec nous, dit un gnome.

— Que se passe-t-il? demande un autre gnome.

Puis trois visages verts surgissent de l'autre côté du rosier.

— On aurait dû deviner, dit le gnome d'un ton ricaneur. Ce sont encore ces deux chipies avec une fée.

— Vous cherchiez le pétale, n'est-ce pas? se moque un autre. Eh bien tant pis pour vous!

— Puis-je l'avoir s'il vous plaît? demande gentiment Rébecca. Il m'appartient, vous savez!

— Plus maintenant, rit le gnome qui tient le pétale. Il est à nous et nous allons l'apporter au Bonhomme d'Hiver. Il sera très content de notre travail!

Puis, un des gnomes se met à rire en montrant du doigt les fillettes et la fée Rébecca.

— Regardez-moi ces filles, toutes habillées avec cette horrible couleur rose! se moque-t-il.

— Le rose est affreux, renchérit un autre gnome. Allons-nous-en d'ici!

Sur ces mots, les gnomes se ruent hors du

jardin des fées en emportant le
pétale de rose.

— Suivons-les! crie
Karine.

Rébecca fonce se
cacher sous les
cheveux de Rachel et
les fillettes se lancent à
la poursuite des

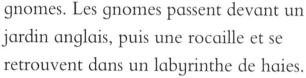

gnomes. Les gnomes passent devant un
jardin anglais, puis une rocaille et se
retrouvent dans un labyrinthe de haies.

Durant cette course effrénée, Karine a
tout juste le temps d'entrevoir un panneau
sur lequel est écrit : *Labyrinthe des floralies du
château — Pouvez-vous trouver la statue qui se
trouve au milieu?*

Les gnomes se dispersent et empruntent
des allées différentes.

— Quel gnome a le pétale? crie Rachel

qui se demande lequel
poursuivre.

— Je vais vous
transformer en fées,
décide Rébecca.
Comme ça, nous
pourrons survoler le
labyrinthe et repérer
le pétale d'en haut.

Dans une pluie
d'étincelles, Karine
et Rachel
commencent à
rapetisser et à prendre
la taille de fées. De
magnifiques ailes
scintillantes apparaissent dans
leur dos et elles s'envolent
immédiatement au-dessus du labyrinthe.

— Je vois trois gnomes, dit Karine en les

montrant du doigt. Oh…
et en voilà un autre!

— Il y en a un au
milieu, près de la
statue, ajoute
Rachel. Et regardez
ce qu'il tient!

— Mon pétale!
crie joyeusement
Rébecca.

Les trois amies
se précipitent vers
la statue.

— Rébecca, si tu
nous redonnes notre taille
normale, Rachel et moi
pourrons essayer de lui
reprendre le pétale, suggère Karine.

Rébecca lève sa baguette, mais Rachel
l'arrête.

— Attends, dit-elle en indiquant le labyrinthe. Les autres gnomes sont presque arrivés au centre eux aussi. Je ne pense pas que nous pourrons leur enlever le pétale s'ils sont tous là.

Rébecca hoche la tête.

— Je vais modifier le labyrinthe pour les empêcher de se rendre au centre, dit-elle avec un sourire malicieux.

Elle volette au-dessus du sentier qui mène au centre et y saupoudre un peu de poussière magique. Immédiatement, une nouvelle haie se met à pousser, bloquant l'accès à la clairière où se trouve la statue.

Le gnome qui est déjà à côté de la statue se met à crier :

— Au secours! Je suis prisonnier!

— Et ses amis ne pourront pas l'aider, ajoute Karine avec un petit rire. Bien joué, Rébecca!

Rachel sourit.

— Maintenant, allons récupérer ce pétale! s'exclame-t-elle.

Éclairs roses

Rachel et Karine filent vers le centre du labyrinthe. Quand elles se posent, Rébecca agite de nouveau sa baguette pour leur redonner leur taille humaine.

Le gnome est surpris de les voir apparaître devant lui.

— Au secours! Les filles m'ont trouvé! crie-t-il, effrayé.

Karine sourit.

— Tu peux crier autant que tu veux, ils ne pourront pas t'aider.

Rachel tend la main.

— Tu ferais mieux de nous donner le pétale maintenant, dit-elle, parce que tu es prisonnier ici avec nous!

Le gnome cache le pétale dans son dos.

— Je ne vous le donnerai pas, dit-il avec entêtement.

— Tiens bon! On arrive, crie un gnome de l'autre côté de la haie.

— Ça ne sert à rien, répond le gnome au

pétale. Je suis coincé ici avec leur espèce de magie!

— Eh bien, ces fées devraient savoir que nous avons notre propre magie maintenant! s'écrie une autre voix.

Les fillettes sursautent et regardent autour d'elles, car la voix semble toute proche.

Rachel et Karine entendent un bruissement, puis elles voient surgir de la haie une baguette dans une main verte de gnome!

Avant qu'elles aient eu le temps de faire ou de dire quoi que ce soit, l'un des gnomes commence à jeter un sort de derrière la haie :

— Ce sort devrait arrêter ces fillettes. *Que ces éclairs foudroient toutes les choses en rose.*

Karine regarde sa tunique avec effroi. Elle porte du rose. Rachel et Rébecca aussi!

Les trois amies sont sur le point d'être foudroyées par la magie glacée des gnomes!

— Cachez-vous! crie Karine en se précipitant derrière la statue.

L'instant suivant, des éclairs traversent la haie et sillonnent les airs devant elle.

CRAC! Un éclair frappe la statue qui devient rose vif, à la grande surprise des fillettes.

CRAC! Un autre éclair frappe le gnome au pétale qui devient rose sous leurs yeux.

Karine et Rachel le regardent avec stupéfaction.

Rébecca émet un petit rire cristallin.

— C'est à cause de la façon dont le gnome a formulé le sort, explique-t-elle. Quand il a dit « *Que ces éclairs foudroient toutes les choses en rose* », il voulait dire que les éclairs foudroient toutes les choses qui sont roses, mais à la place, les éclairs *rendent* les choses roses!

Le gnome au pétale ne semble pas remarquer son changement de couleur.

— Ça n'a pas marché! crie-t-il à travers la haie. L'éclair a manqué cette chipie de fée et ses amies!

Trois gnomes passent la tête par la haie et éclatent immédiatement de rire.

— Hé! Le rose te va bien, dit l'un d'entre eux.

— Quoi? s'exclame le gnome au pétale.

Il se regarde et se met à gémir :

— Je suis tout rose!

— Ça te va vraiment très bien, rigole Karine.

— Très flatteur, approuve Rébecca en s'étouffant de rire.

— Ce n'est pas drôle! coupe le gnome rose en tapant du pied. Redonnez-moi ma couleur verte tout de suite!

Quand les gnomes de l'autre côté de la haie réussissent à reprendre leur sérieux, la baguette traverse de nouveau la haie. Les

fillettes entendent un autre gnome se racler la gorge pour jeter un nouveau sort.

— Il n'en est pas question! crie Karine.

Elle se précipite sur lui et lui arrache la baguette des mains.

Un cri de surprise retentit :

— Hé! Rends-moi ça!

— Non, répond joyeusement Karine.

Mais elle pousse un cri d'effroi; la haie
magique de Rébecca vient de disparaître
soudainement dans un éclat d'étincelles
roses. D'autres gnomes se ruent vers le
centre du labyrinthe!

Une atmosphère glaciale

Rébecca transforme de nouveau les fillettes en fées afin qu'elles puissent s'envoler pour échapper aux gnomes. La baguette des gnomes rétrécit elle aussi dans les mains de Karine.

— Hé! rends-nous notre baguette! s'écrie l'un des gnomes.

— Le Bonhomme d'Hiver sera furieux si

nous rentrons sans elle, s'inquiète un autre gnome qui saute pour essayer d'attraper les fillettes.

— Désolée, dit Rachel en riant, mais...

Elle s'interrompt en voyant une fillette vêtue d'un tee-shirt mauve se rapprocher du centre du labyrinthe.

— Oh non! crie Rachel. Regardez!

— Il ne faut pas qu'elle voie les gnomes! s'exclame Rébecca.

Karine réfléchit à toute vitesse et se souvient qu'elle tient une baguette magique. Elle la dirige vers les gnomes et essaie d'inventer un sort.

— *Je veux que cette magie parte sans tarder et*

retourne chez le Bonhomme d'Hiver au château glacé! déclare-t-elle.

Un vent magique commence à souffler autour des gnomes et les propulse dans les airs. Mais Karine sent elle aussi un vent glacial l'entraîner.

— Oh non! s'exclame Rébecca. Le sortilège nous englobe, car nous possédons de la magie nous aussi!

Le vent devient de plus en plus fort et Karine pousse un petit cri.

— Tu veux dire que… commence-t-elle.

Rébecca hoche la tête.

— Nous sommes en route pour le château du Bonhomme d'Hiver!

Tout se brouille devant les yeux des fillettes qui sont emportées avec les gnomes dans le tourbillon magique.

Une fois que le vent magique s'est apaisé, les fillettes et Rébecca se rendent compte qu'elles flottent dans les airs, non loin du château de glace du Bonhomme d'Hiver. Sous elles, les gnomes sont entassés pêle-mêle dans la neige, les bras et les jambes emmêlés.

Le Bonhomme d'Hiver est en train de nourrir ses oies des neiges près d'un étang. Il leur jette un regard surpris.

— Oh! C'est vous! dit-il brusquement aux gnomes. Que m'avez-vous rapporté? Karine, Rachel et Rébecca se rendent rapidement derrière un arbre en voletant. Elles espèrent que le Bonhomme d'Hiver ne les

a pas remarquées. Heureusement, le gnome
qui est encore rose vif attire son attention.

— Que diable, balbutie le Bonhomme
d'Hiver, avez-vous donc fait?

— Ce n'est pas ma faute! gémit
le gnome rose. En plus,
regardez ce que je
vous ai apporté! dit-il
fièrement en sortant
sa main du tas de
gnomes.

Il tient encore le
pétale de rose magique.

— Enfin! Un pétale magique rien que
pour moi! s'écrie le Bonhomme
d'Hiver avec triomphe.
Maintenant, je pourrai
faire pousser toutes les
fleurs que je veux autour
de mon château!

La pauvre Rébecca a du mal à regarder cette scène.

— Si le Bonhomme d'Hiver met la main sur mon pétale, je ne pourrai jamais le récupérer, murmure-t-elle d'une voix désespérée.

— Et si Karine et moi le distrayions? suggère Rachel. Tu pourrais aller prendre le pétale pendant qu'il ne regarde pas!

— D'accord! dit Rébecca dont le visage s'illumine. Essayons!

Tandis que Rébecca se dirige vers le pétale, les fillettes sortent de leur cachette, juste derrière le Bonhomme d'Hiver.

Karine voit que le Bonhomme d'Hiver est sur le point de saisir le pétale.

— Hé, Bonhomme d'Hiver! lance-t-elle

vivement, vous aimeriez sûrement savoir où se trouve votre baguette?

Le Bonhomme d'Hiver se tourne vers elles, surpris, et leur jette un regard mauvais.

— C'est nous qui l'avons! ajoute Rachel.

— Et nous allons vous jeter un sort! crie Karine.

— Comment avez-vous eu ma baguette? rugit le Bonhomme d'Hiver.

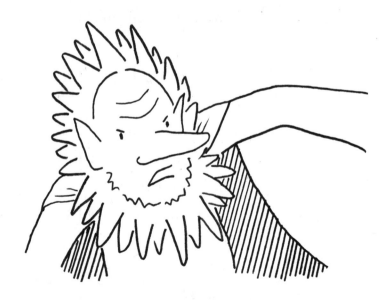

Il s'éloigne des gnomes et se dirige vers les fillettes.

— Je vais la reprendre, merci beaucoup, aboie-t-il.

Il regarde fixement la baguette, lève la main et marmonne un mot magique. La baguette s'envole instantanément de la main de Karine à celle de son maître.

Avec un horrible rictus, le Bonhomme d'Hiver pointe sa baguette vers les fillettes.

— Peut-être que cela vous apprendra à vous mêler de ce qui ne vous regarde pas! tonne-t-il.

Il chuchote un sort et un éclair glacé jaillit de sa baguette, tout droit vers Rachel et Karine.

Fleurs gelées

— Cachez-vous! crie Rachel.

Karine et elle se dissimulent rapidement derrière un tronc d'arbre.

Aucune d'entre elles ne peut voir Rébecca, mais elles espèrent vraiment que la petite fée a eu la chance de reprendre son pétale.

Karine vérifie furtivement où est Rébecca. Mais elle se lance derrière l'arbre quand

deux autres éclairs glacés
passent à côté d'elle.
Les deux fillettes se
cramponnent
l'une à l'autre.

— Qu'allons-
nous faire?
demande
Karine tandis
que des éclairs
continuent à jaillir,
manquant de peu les fillettes.

— Je ne sais pas, répond Rachel. Tôt ou
tard, l'un des éclairs va nous frapper!

Les fillettes échangent un regard paniqué.
Karine voit alors un flot d'étincelles
magiques roses scintiller dans le ciel
au-dessus d'elles. Puis la poussière de fée se
transforme en fleurs de couleurs vives qui

pleuvent sur le sol entre les fillettes et le
Bonhomme d'Hiver. De plus en plus
d'étincelles apparaissent dans le ciel et
descendent en flottant pour créer un mur de
fleurs colorées sur lequel les éclairs du
Bonhomme d'Hiver rebondissent quand ils
le frappent.

— Les fleurs forment un bouclier,
remarque Karine.

— Ce doit être la magie des fées des
pétales! s'exclame Rachel.

Elle montre Rébecca qui volette dans les
airs avec les autres fées des fleurs : Téa,
Claire, Noémie, Talia, Olivia et Mélanie.
Toutes les fées sourient et saluent Karine et
Rachel de la main.

— Rébecca a dû récupérer son pétale
quand nous avons distrait le Bonhomme
d'Hiver, dit Rachel en riant. Et maintenant,
toutes les fées des fleurs sont venues à notre
rescousse!

Karine hoche la tête gaiement.

— Regarde! dit-elle en montrant le mur de
fleurs. Quand les éclairs de glace ont frappé

le mur magique, ils ont gelé les fleurs qui tombaient. C'est joli, n'est-ce pas?

Rachel sourit.

— Oui et regarde! Le Bonhomme d'Hiver est du même avis!

Elle montre le Bonhomme d'Hiver qui ne lance plus d'éclairs glacés aux fillettes, mais s'est baissé et ramasse des brassées de fleurs gelées.

— Hé! crie-t-il aux gnomes. Venez m'aider à ramasser ces fleurs! Elles sont parfaites pour décorer les jardins de mon château!

Les gnomes, qui ont réussi à se dégager, accourent à son aide.

— Regardez ces tournesols gelés! s'exclame l'un d'entre eux. Ils iraient bien ici.

Il les plante dans le sol. Comme les fleurs sont gelées, elles restent bien droites et le gel les fait étinceler.

— Ces tulipes sont jolies, s'exclame un autre gnome. Je pense que je vais en rapporter un bouquet à ma maman.

Rébecca et les autres fées des fleurs descendent rejoindre les fillettes.

— Merci de nous avoir sauvées du
Bonhomme d'Hiver, dit Karine.

Rébecca sourit.

— C'est nous qui devrions vous remercier,
dit-elle aux deux amies. Vous avez fait un
excellent travail, une fois de plus!

— Laissons le Bonhomme d'Hiver avec
ses fleurs gelées, suggère Téa en souriant.

Elle prend Karine par la main. Puis
Noémie s'approche et prend la main de
Rachel.

— Oui, allons-y, dit-elle.

— Où? demande Karine avec enthousiasme.

— Au palais du Royaume des fées bien sûr! répond Olivia avec un sourire. Le roi Obéron et la reine Titania vous attendent!

Une nouvelle amie

Les sept fées des fleurs entraînent Karine et Rachel loin du château de glace du Bonhomme d'Hiver, jusqu'aux magnifiques jardins du palais du Royaume des fées. Elles y voient la reine et le roi qui les attendent à côté d'un bassin miroitant au soleil.

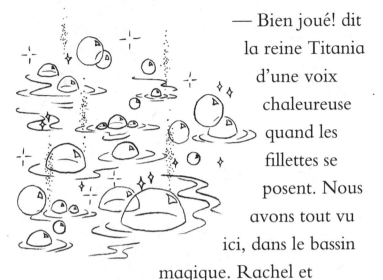

— Bien joué! dit la reine Titania d'une voix chaleureuse quand les fillettes se posent. Nous avons tout vu ici, dans le bassin magique. Rachel et Karine, vous nous avez rendu un grand service en aidant les fées à récupérer leurs sept pétales magiques.

— Oui, nous n'aurions pas pu y arriver sans elles, renchérit Talia, la fée des tournesols, avec un grand sourire.

— Et maintenant que le Bonhomme d'Hiver a ses fleurs de glace éternelles, il ne dérangera plus nos fées des fleurs, ajoute le roi.

Il secoue la tête, d'un air frustré.

— S'il était simplement venu nous demander de l'aide en premier, rien de tout cela ne serait arrivé. Il n'avait pas besoin de voler les pétales.

— Oui, dit la reine Titania. Nous savons que les fleurs sont faites pour être partagées. Je suis sûre que le Bonhomme d'Hiver est content de son palais de glace maintenant.

Puis Rébecca agite sa baguette au-dessus de Karine et de Rachel et à leur grande surprise, un collier de fleurs de toutes les couleurs de l'arc-en-ciel apparaît à leur cou.

— Merci! s'exclame Rachel. Elles sont magnifiques!

— Avec plaisir, répond Rébecca. C'est un petit rien pour vous rappeler les fées des fleurs.

La reine lève sa baguette.

— J'ai bien peur qu'il soit maintenant l'heure pour vous de retourner dans le monde des humains, dit-elle.

— Oh oui! Nous sommes censées rencontrer nos parents bientôt, acquiesce Karine.

— Au revoir, les filles, dit Rébecca en serrant Rachel et Karine dans ses bras. Et merci encore!

— Au revoir! répondent les deux fillettes en chœur.

La reine agite sa baguette au-dessus d'elles et elles sont propulsées hors du Royaume des fées dans un tourbillon de couleurs. Quelques instants plus tard, elles se retrouvent dans le labyrinthe. Elles ont repris leur taille normale.

— C'est bizarre d'être ici sans Rébecca ni les gnomes, dit Karine en regardant autour d'elle.

Rachel hoche la tête.

— C'est beaucoup plus calme! ajoute-t-elle en riant.

— Et regarde, dit Karine, nos colliers de fleurs se sont transformés en jolis bijoux.

Rachel constate que Karine a raison : elles portent toutes deux des colliers de perles brillantes en forme de fleurs. Les sept perles représentent les différentes couleurs des pétales magiques et sont presque aussi belles que les vraies fleurs!

À ce moment-là, une fillette portant un tee-shirt mauve arrive au centre du labyrinthe.

C'est vrai, se dit Karine, *j'avais oublié. Il y avait une fille qui était sur le point d'arriver au centre du labyrinthe quand nous avons été propulsées au Royaume des fées.*

— Bonjour, dit la fillette. Je m'appelle Arabelle. Ce labyrinthe est compliqué, n'est-ce pas? Ça m'a pris une éternité pour arriver jusqu'ici!

— Je m'appelle Rachel, répond celle-ci.

Elle ne sait pas quoi dire au sujet du labyrinthe. Après tout, Karine et elle ont volé jusqu'au milieu. Elles n'ont pas du tout eu à trouver leur chemin. Soudain, elles se rendent compte qu'elles ne savent pas comment en sortir!

— Oui, très compliqué, dit Karine. En fait,

nous ne nous souvenons pas du chemin pour sortir. Et toi?

Arabelle hoche la tête.

— Je crois que oui, dit-elle. Suivez-moi!

Alors qu'elle se tourne pour partir, elle remarque les colliers des fillettes.

— Oh! Ils sont si jolis! déclare-t-elle.

Les trois fillettes ne mettent pas très longtemps à retrouver le début du labyrinthe.

— Nous y sommes! dit fièrement Arabelle quand elles arrivent à la sortie.

— Merci, dit Karine.

D'un geste impulsif, elle détache son

propre collier et le tend à Arabelle.

— Tiens, garde-le, dit-elle. C'est pour te remercier de nous avoir aidées.

Le visage d'Arabelle s'illumine.

— Oh merci! s'exclame-t-elle, les yeux brillants de joie.

Rachel et Karine lui sourient.

— C'était gentil de ta part, dit Rachel en enlevant son propre collier tandis qu'Arabelle s'éloigne. Si tu veux, nous pouvons essayer de transformer mon collier en deux bracelets de cheville. Comme ça, nous en aurons chacune un.

Soudain, elle pousse une exclamation :
le collier commence à scintiller d'une vive
lumière rose. Sous les yeux des fillettes, le
collier se rompt et se transforme en deux
jolis bracelets de cheville.

Karine regarde Rachel, la bouche bée.

— Comment as-tu fait cela ? s'étonne-t-
elle.

Rachel est aussi surprise que Karine.

— Je n'ai rien fait du tout ! Les fées
devaient nous regarder, dit-elle en souriant.
Merci, chères fées des fleurs !

Elle tend un bracelet à Karine. Les deux amies les attachent autour de leurs chevilles.

— Nous ferions mieux d'aller rejoindre nos parents, dit Rachel. Dépêchons-nous!

Les fillettes se précipitent vers la tente des rafraîchissements et voient leurs parents assis sur un banc à côté d'un magnifique rosier en fleurs.

— Ces roses sont magnifiques, n'est-ce pas? dit M. Vallée à Rachel et à Karine en respirant l'une des fleurs.

— Oui, ajoute M. Taillon. Et le plus

incroyable, c'est que quand nous sommes
repassés devant la tente des roses il y a une
minute, toutes les fleurs étaient beaucoup
plus fraîches!

Les fillettes échangent un regard joyeux.
Maintenant que le pétale de rose est de
retour au Royaume des fées, il exerce sa
magie spéciale sur le monde entier. Les roses
et les fleurs de la même couleur foncée
peuvent à nouveau s'épanouir!

M. Vallée sourit aux fillettes.

— Vous êtes-vous bien amusées?
demande-t-il.

— Oui, merci, répond Rachel. Le labyrinthe était vraiment bien.

— Oh oui! C'était très amusant! ajoute Karine.

Les deux fillettes se sourient. Elles adorent leurs aventures féeriques. Être amies avec les fées rend tout amusant!

L'ARC-EN-CIEL
magique
LES FÉES DE LA DANSE

Rachel et Karine ont aidé les sept fées des fleurs, mais les problèmes ne sont pas finis au Royaume des fées. Les fées de la danse ont besoin de leur aide!

Voici un aperçu de leur prochaine aventure :

Brigitte, la fée du ballet!

Un tourbillon de fées

— J'ai tellement hâte! s'exclame Rachel Vallée en souriant à sa meilleure amie, Karine Taillon. *J'adore* les ballets!

— Moi aussi, acquiesce Karine en élevant la voix pour se faire entendre au-dessus du bruit du train sur la voie ferrée cahoteuse. Je n'ai jamais vu le *Lac des cygnes*.

— J'ai entendu dire que c'est une très belle

production, dit la mère de Karine. Les décors sont censés être magnifiques.

— Eh bien, espérons que Papa ne s'endormira pas! dit Karine en jetant un coup d'œil à son père qui dort profondément dans la banquette du coin. Je suis si contente que tu viennes, Rachel. Quelle chance que ton école ferme pour les vacances le jour avant la mienne! Sinon, tu n'aurais pas pu venir avec nous!

Rachel hoche la tête. Comme les deux familles habitent loin l'une de l'autre, elle va passer toute la semaine de vacances chez Karine.

— Nous serons bientôt en ville, dit Mme Taillon tandis que le train entre en gare. C'est le dernier arrêt avant d'arriver.

Karine regarde par la fenêtre quand le train ralentit. Soudain, son attention est attirée par un éclair glacé bleu. Curieuse, Karine se penche pour mieux voir.

À son grand étonnement, elle voit sept petites fées descendre au milieu d'un petit tourbillon glacé! Sous ses yeux, les fées parviennent à se poser dans l'un des paniers de fleurs suspendus au toit de la gare.

Karine et Rachel savent beaucoup de choses sur les fées, car elles partagent un secret extraordinaire : elles sont amies avec les fées! Elles les ont souvent aidées à vaincre le Bonhomme d'Hiver et ses méchants gnomes qui créent toujours des problèmes. Maintenant, on dirait bien que leurs amies les fées vont encore avoir besoin de l'aide des fillettes!

LE ROYAUME DES FÉES
N'EST JAMAIS TRÈS LOIN!

Dans la même collection

Déjà parus :

LES FÉES DES
PIERRES PRÉCIEUSES

India, *la fée des pierres de lune*
Scarlett, *la fée des rubis*
Émilie, *la fée des émeraudes*
Chloé, *la fée des topazes*
Annie, *la fée des améthystes*
Sophie, *la fée des saphirs*
Lucie, *la fée des diamants*

LES FÉES DES
JOURS DE LA SEMAINE

Lina, *la fée du lundi*
Mia, *la fée du mardi*
Maude, *la fée du mercredi*
Julia, *la fée du jeudi*
Valérie, *la fée du vendredi*
Suzie, *la fée du samedi*
Daphné, *la fée du dimanche*

LES FÉES DES ANIMAUX

Kim, *la fée des chatons*
Bella, *la fée des lapins*
Gabi, *la fée des cochons d'Inde*
Laura, *la fée des chiots*
Hélène, *la fée des hamsters*
Millie, *la fée des poissons rouges*
Patricia, *la fée des poneys*

LES FÉES DES FLEURS

Téa, *la fée des tulipes*
Claire, *la fée des coquelicots*
Noémie, *la fée des nénuphars*
Talia, *la fée des tournesols*
Olivia, *la fée des orchidées*
Mélanie, *la fée des marguerites*
Rébecca, *la fée des roses*

À paraître :
LES FÉES DE LA DANSE

Brigitte, *la fée du ballet*